Fernando Garcia Reina

(Wargficho)

ELLAS,
"LAS
SOLOFIESTAS"

Todo ser viviente, aun no humano, se da el destino
que desea. Esta breve historia, así lo confirma.

ISBN: 978-1-4669-5891-3 (sc)
ISBN: 978-1-4669-5890-6 (e)

Trafford rev. 09/29/2012

 www.trafford.com

North America & international
toll-free: 1 888 232 4444 (USA & Canada)
phone: 250 383 6864 ✦ fax: 812 355 4082

Fernando Garcia Reina
(Wargficho)

LAS
"SOLOFIESTAS"

Trafford
Publishing

Para todas aquellas personas que han leido, o llegaren a leer, mi primer libro "HISTORIAS varias, ACROSTICOS y POEMAS," recientemente publicado.

Ninguna de nosotras ha trabajado más que las otras.
Ninguna, tampoco, ha trabajado menos. (página 33).

ABANDONANDO EL TERRUÑO

"Buenos días, hermana".

"Muy buenos días; por qué tan temprano tu saludo?" replicó la más pequeña.

"Sencillamente, porque hoy empieza para mí –bueno-, para las dos la nueva vida que he soñado de un tiempo acá".

"Qué clase de vida es esa?. Nuestro destino, que yo sepa, será siempre trabajar y ayudar en algo al ser humano", dijo nuevamente la pequeña.

"No olvides", dijo la grande, que el destino está ahí y si no lo cambiamos será el mismo. Por suerte, podemos nosotras cambiarlo y es eso, precisamente, lo que tú y yo vamos a hacer a partir de hoy; sí de hoy"

"Hermana, me alegra ver el optimismo y decisión que pones en tus palabras. Parece como si tuvieras gran experiencia de la vida; como si hubieras estado ya en otras partes; como si fueras superior a los demás; como si tuvieras el completo dominio de cada circunstancia que te espera, bueno que nos espera" fue la respuesta.

"Tú misma te has contestado. Lo por tí mencionado, es lo que, a partir de este instante, vamos a poner en práctica con una excepción: no me gusta eso de superior a los demás" afirmó la hermana.

Se dieron un abrazo; caminaron de un punto a otro, como si quisieran fijar en su mente el terreno habitado por tanto tiempo y, paso a paso, se alejaron con el mismo pensamiento: "no volveré a este sitio".

Eran de raza fuerte y trabajadora. Tomadas de las manos avanzaban con el optimismo que la más pequeña mencionara.

Dos horas después de iniciada su marcha, encontraron un buen alimento. Descansaron después de comer y reanudaron su camino muy lentamente, como si sus cuerpos pesaran y no pudieran andar más rápido.

Al final del día, cansadas y hambrientas, pernoctaron en una muy confortable "habitación". Una tenue luz las acompañó toda la noche.

El segundo día de su nueva vida, transcurrió en circunstancias similares pero notaban la alegría de estar totalmente libres; sin miradas de otros y sin persecución de nadie.

Impulsadas por esa alegría y, mientras descansaban del largo trecho caminado en ésta segunda etapa, se forjaron un plan: serían las pioneras de un nuevo estilo de vida en la que, a parte del trabajo, buen ejemplo a sus semejantes y cumplimiento de los deberes que impone cualquier grupo, primarían la alegría, las reuniones para divertirse y el estar en disposición – siempre- para el inicio de una fiesta.

El tercer día fue diferente: caminaban con cierta parsimonia y algo de fatiga. Le tenían fobia a las alturas y el único camino era, justamente, un terreno muy empinado que terminaba en una colina. No fue, por tanto, mucho lo avanzado.

Desde lo alto de la colina divisaron una colonia compuesta por muchos individuos.

Se alegraron y, a la vez, se preocuparon.

Deseaban sí, compartir su nueva vida con otras hembras y con otras obreras pero, al mismo tiempo, les inquietaba reunirse con los machos que, muy posiblemente, desearían un apareamiento inmediato.

Con hambre y cansancio, pasaron la noche en la parte más alta de la colina. No durmieron bien pues el temor a ser violadas las despertaba a cada momento.

Fue un día, como dirían más tarde, "sin pena ni gloria".

Al empezar el día cuarto, bajaron de la colina y, llenas de optimismo y orgullo, se presentaron a la reina de la colonia.

"Veo que eres reina también" le dijo a la mayor de las visitantes.

"Sí, lo soy". Respondió ella. Presentó luego a su hermana.

"Pensé que se trataba de una simple obrera encargada de tu alimentación", fue la respuesta.

"La verdad es que para mí vale tanto una obrera como una reina y, por eso, esta humilde obrera es mi hermana", replicó la reina recién llegada.

"Es usted muy considerada y de extremada nobleza, majestad". Dijo la dueña de casa quien con rápida mirada ordenó a su séquito y a todos los acompañantes, saludar a las visitantes.

"Me gustaría saber, majestad, qué las ha traido por estos lares. Se han extraviado regresando a su hogar o estan huyendo de algo o de alguien?" inquirió la reina local.

"Ninguna de sus conjeturas es cierta", fue la contestación.

"Mi hermana y yo hemos empezado una nueva vida"

"Ya veo. Y qué clase de vida es esa?"

"Una, respondió la visitante, en la que no haya intrigas ni envidias; una, en la que la alegría y no la tristeza se imponga; una, en la que las reinas y los machos no vean en las obreras simples sirvientes; una, en la que todos aunemos esfuerzos para que las colonias sean fuente de paz, de alegría, de permanente fiesta".

"Sueño de muy difícil realización, no cree usted?" repostó la reina de la colonia.

"Lo sé. Pero así sea una tarea de mucho esfuerzo, mi hermana y yo estamos trabajando ya en ese propósito", afirmó la visitante.

Tras un suculento almuerzo, las visitantes, para sorpresa de todos los miembros de la colonia, se despedían.

"Llegué a pensar que se quedarían con nosotros", exclamó la dueña de casa.

"No podríamos cumplir entonces nuestro sueño", manifestó la visitante menor.

Varias fueron las peticiones para unirse a ellas.

"Solo seis hembras podrán venir con nosotras", dijo con autoridad la reina quien, personalmente, las escogió y dió la orden de partir tras agradecer a la reina y a cada uno de los habitantes de aquella colonia.

Eran ocho y parecían una por la cordialidad que reinaba entre ellas.

Caminadas unas pocas millas, el grupo se detuvo. Cada una buscó alimento que fue compartido. Todas comieron y se dedicaron luego al descanso.

Una de ella tatareaba una canción en voz baja para no molestar a las otras.

La reina, que se paseaba de un lado a otro pensando en las actividades del siguiente día, la alcanzó a escuchar.

"A ver, hermana, cante usted en voz alta; sin miedo a ser oida; sin dar importancia a cualquier crítica; pensando que esa canción puede agradar a todo el grupo" le dijo.

Impulsada por las palabras de su nueva reina, la obrera hizo una venia y comenzó a cantar. Su voz era suave y dulce. La melodía interpretada era ciertamente bella.

En un minuto, el grupo todo, encabezado por su reina, cantaba y danzaba.

"Esta es nuestra nueva vida", interumpió la reina.

"Les pido que, así su voz no sea como la de nuestra hermana dorilina, canten cuando lo deseen. Esto hará que, así sean muy fuertes las tareas que nos impongamos, el canto será un alivio.

Todas durmieron sin preocupaciones, con inmensa alegría de pertenecer a este nuevo grupo.

El quinto día llegó.

"Buenos días, majestad". "Buenos días, hermanas". Fue esto lo primero que se oyó. Las embargaba la dicha.

"Hoy no avanzaremos mucho en nuestro largo, largo camino a recorrer. Nos esperan dos días de lluvias y tormentas. Así, la mayor parte del día será dedicado a la búsqueda de alimentos para tres días. Cada una buscará y almacenará lo suyo.

"Si ayer todo salió bien y hasta cantamos, hoy también cantaremos y bailaremos", dijo la hermana de la reina.

Con el mejor ánimo y llenas de positivismo, cada una almacenó su alimento. Unas consiguieron más que otras, lo que a ninguna molestó.

Una voz se oyó. "Con el permiso de nuestra reina. Tal parece que corrí con buena suerte y obtuve mayor cantidad de alimentos. Quiero compartir una parte con las que hayan conseguido poco".

"La felicito, hermana. Es usted bondadosa e inteligente" dijo la reina.

Otras dos se pronunciaron al igual que la primera, recibiendo el apláuso y agradecimiento del grupo.

Almacenados los alimentos, se alejaron un poco en busca de agua fresca. No la hallaron. La fuerte lluvia empezó y se vieron forzadas a regresar rápidamente.

Ya en grupo de nuevo, escuchaban a la reina y a la hermana de ésta, quienes contaban el sinnúmero de peripecias vividas desde el día en que dejaron su anterior colonia.

Todas escucharon con absoluta atención, hicieron comentarios y preguntas también.

Consumidos los alimentos, se dedicaron a cantar y a bailar desenfrenadamente hasta quedar exánimes.

Con evidente cansancio físico, empezaron el sexto día, que solo lluvia les trajo.

No pudiendo salir, la reina propuso que se dedicaran a construir una o dos colonias subterráneas en caso de que la permanencia allí se prolongara por condiciones atmosféricas adversas.

Tres colonias fueron construidas. Buenos alimentos fueron consumidos. De nuevo el canto y el baile cerraron la noche.

El séptimo día fue, en la práctica, una copia del anterior.

Un incidente entre dos obreras fue la nota discordante.

La reina advirtió: "si alguna de ustedes no puede vivir pacíficamente con las demás, salga lo más pronto y, ni tan siquiera, piense en regresar. La armonía y el respeto son básicos en este grupo. Repito –añadió mirando a las causantes del incidente-, la que no pueda convivir con nuestras prácticas y costumbres, abandone la colonia y ya".

Un prolongado silencio siguió a sus palabras.

"Pedimos perdón por nuestra acción y prometemos cumplir con todas las prácticas", dijeron las causantes de ésta anomalía.

"Si el grupo las perdona y desea que sigan aquí, lo celebraremos con una fiesta terminada la comida" concluyó la reina.

Un prolongado apláuso se dejó oir.

VENCIENDO OBSTACULOS

Las fuertes lluvias cesaron para el octavo día.

El sol, apenas tibio, las acompañó hasta casi entrada la noche.

Se dedicaron a recoger materiales para construir una muy buena balsa pues se acercaban ya al gran lago cuyas aguas, a veces turbulentas, ofrecían peligro.

Era, aparéntemente, la única vía para llegar al sitio deseado.

Ciertamente preocupada, la reina quiso ver y examinar los materiales.

Tenían que ser vigas sin humedad alguna y alambre fuerte.

También piedras, no muy grandes, que usarían como tapones para impedir el ingreso de agua.

Ordenó guardar todo en una enorme cueva donde pasarían la noche, no sin antes dar ánimo al grupo con estas palabras: "La balsa que nos llevará al otro lado de ese inmenso lago, no será obra de ustedes solas; yo misma, cortaré, uniré y pondré en el lugar apropiado lo que sea necesario para que nuestra balsa sea, no sólo grande, sino fuerte, imponente y resistente a las aguas y a la fuerza que, a veces, ellas traen. Será la gran balsa de la que muchos hablarán años después.

Descansemos ahora; cantemos y pasemos una tranquila noche pues son duros los menesteres de mañana".

La preocupación no dejó dormir a la reina. Tampoco a su hermana, ni a tres de las obreras.

Las cinco caminaron en cauteloso silencio hacia la entrada de la cueva.

Grande fue su sorpresa al divisar un grupo de abejas, ya de cierta edad.

Parecía que estuvieran enfermas pues su andar era lento e inseguro.

"No os mováis de aquí. Dejadme averiguar qué prentenden o qué buscan a esta hora. Puedo, majestad?" dijo una de las obreras que se preparaba ya para el combate.

Dos minutos después de abandonar la cueva, la intrépida obrera se detuvo. No podia creer lo que sus ojos – bien abiertos-, veían: una a una, las abejas se desplomaban.

Quiso correr y auxiliarlas.

"Y si es una trampa?" se preguntó rápidamente y esperó unos minutos. Pensando que o moriría o salía como heroína, con sumo cuidado se acercó, observó y comprobó que estaban ya sin vida.

Algo entristecida, regresó e informó a la reina.

"Su muerte es triste pero mi preocupación es ahora mayor. Será que el lago esta infectado?. Será que hay algún virus por acá?", manifesto. "Regresemos y tratemos de dormir; buenas noches". Ninguna pudo dormir.

Llegada la mañana, todas estaban eufóricas y llenas de fuerza para iniciar la construcción.

"Este noveno día, expresó una de las obreras -grande y fuerte-, es nuestro día. Ví en sueños la magnífica balsa que vamos a construir: grande, espaciosa, difícil de romper y, al mismo tiempo, suave para llevarla a muy buena velocidad. Todo mi trabajo lo brindo a nuestra reina y a ustedes, hermanas".

Otra obrera, que parecía la más opacada, añadió: "Me uno a los comentarios de esta hermana. Empecemos, quiero demostrar mis habilidades en estos menesteres".

"Yo también; yo también estoy lista para dar todo de mí a fin de que nuestra balsa sea una realidad en pocas horas", exclamó una de las causantes del inolvidable insuceso del día séptimo.

La reina sonreía viendo la unidad y el vivo deseo de cada una por hacer realidad la soñada balsa.

Los materiales fueron trasladados y ordenados de acuerdo a lo instruido por la hermana de la reina.

El trabajo empezó.

El fuerte calor las agotaba por momentos. Tomaban y tomaban agua para calmar la sed.

Refrescaban sus cabezas con agua y con el zumo de algunas plantas.

Se turnaban para descansar a la sombra y, aún así, el agotamiento era muy notorio. Algunas se desmayaron y el pánico se apoderó de cada una.

La hermana de la reina tomó las riendas ya que ésta se hallaba casi inconsciente.

"Como último esfuerzo, tratemos de cubrir nuestra balsa a fin de que no sea descubierta y traten de robarla" dijo.

Concluido el trabajo, la balsa parecía más un montón de palos, piedras y hojas secas que una embarcación.

Comieron algo y se retiraron a descansar.

Era tan profundo el sueño en que cayeron, que no se percataron de lo hecho por un grupo de canes hambrientos que, buscando alimentos, despedazaron varias vigas de madera que eran piezas claves para la construcción.

Ansiosas por ver su aún inconclusa obra, todas saltaron de sus camas a muy temprana hora del décimo día.

"No hay duda; alguien anduvo por aquí; se ven los daños hechos.

Esto, sin embargo, lo debemos tomar como un desafío para concluir nuestra obra y, si las condiciones atmosféricas ayudan, iniciaremos la travesía hoy mismo", expresó la reina ya repuesta del agotamiento del día anterior.

"Aquí estamos para eso; aquí estamos para eso" fue el grito unánime que la soberana escuchó.

Duro trabajo fue el reparar los daños de los canes.

Duro trabajo fue la encarnizada lucha con un sinnúmero de cangregos gigantes que pretendían herirlas y también, quien lo creyera, apoderarse de la balsa.

Aquí se manifestaron la sagacidad, la fuerza y el dominio de las dos obreras que días antes casi se van a las manos.

Rayaba el medio día cuando una de las obreras gritó: "Qué cara nos ha costado esta balsa, pero lo hicimos, lo logramos, está lista, vámonos".

Un fuerte y sonoro apláuso siguió a éstas palabras.

LA PELIGROSA TRAVESIA

Contagiada de esa euforia, la reina subió al palo más alto de la balsa.

"Nuestro sueño es ahora una realidad, hermanas.

Este medio de transporte que usaremos para ir en busca del sitio ideal para vivir, es el fruto de vuestro trabajo.

Ninguna de nosotras ha trabajado más que las otras. Ninguna, tampoco, ha trabajado menos. Os felicito.

Que la unión, el respeto y la cordialidad, sean siempre vuestra guía. Salud!"

Levantó la pequeña copa que le era ofrecida, e invitó al grupo a beber y a festejar antes de abordar. Bajó de nuevo a tierra.

Cantaron y bailaron por un tiempo no muy extenso.

El día ofrecía muy buena temperatura.

Ni una nube cruzaba el firmamento.

Con el más vivo entusiasmo, una a una fueron subiendo a la balsa y, de pie, esperaron a la reina ya que ella se detuvo, por largos minutos, para observar, por última vez, el sitio que dejaba.

Parecía que se estuviera despidiendo, o tal vez, rogando a su ser supremo, que les diera su protección en semejante aventura.

Subió finalmente y los apláusos y vítores se escuchaban.

"No. Por favor, no", dijo ella.

"Recordad que más que vuestra reina, soy vuestra hermana.

Emprendamos nuestro viaje, no al mando mío, ni al mando de mi hermana. Hagámoslo al mando del supremo que, con plena certeza, nos guiará.

Prestad, ahora, la mayor atención: si algo me llegare a suceder, una de vosotras, no mi hermana, tomará el mando.

Vosotras mismas la elegiréis, cumpliendo, de esta forma, el deseo de mi hermana y también el mío"

Concluidas sus palabras, se ubicó al frente y el largo viaje comenzó.

La grande y hermosa balsa se delizaba sobre las, hasta ahora, tranquilas aguas y parecía más un juguete que un medio de transporte.

Cantaban con gran entusiasmo.

No danzaban por temor a que su balsa sufriera daño alguno.

Súbitamente, ésta se detuvo.

Los esfuerzos por avanzar eran inútiles. También lo eran para retroceder.

Se tomó una decision: permanecer en calma y sin ningun movimiento que llamara la atención de otros seres pero, al mismo tiempo, en actitud vigilante, día y noche, si fuese necesario, hasta encontrar la causa de lo acontecido.

Se ocultó el sol.

La oscuridad se apoderó del lago y sus habitantes.

La balsa seguía estática.

La reina anunció: "tomaremos algun alimento y descansaremos sin descuidar la vigilancia.

Creo prudente que la mitad del grupo duerma, mientras que la otra mitad vigila.

Debemos evitar desagradables sorpresas.

Yo, con la mayor cautela, bajaré por uno de los costados. Quiero ver qué o quien impide nuestro avance."

Todas se pusieron de pie.

"O vamos todas o nadie va", dijo la grande y fuerte obrera que en la octava noche había visto en sueños la hermosa balsa.

Aparte de su fortaleza física, tenía asímismo un fuerte carácter y don de mando.

"De acuerdo", dijeron todas.

La reina, silenciosamente, aceptó lo que, a todas luces, parecía ser lo más prudente.

Al despuntar el alba del undécimo día, todas estaban esperando alguna orden de la reina.

Se miraban unas a otras como preguntándose el paso a seguir.

Un fuerte remezón las llenó de pánico.

La balsa reanudó su marcha como si algun ser invisible la estuviera llevando.

La velocidad era mayor a la que obtenían ellas remando con toda fuerza.

La reina dijo entonces:

"Estemos listas, remo en mano, para defendernos. Se ve que, por lo menos, nos están llevando en la dirección correcta".

Pasaban las horas y la balsa seguía su tranquila marcha.

El grupo completo esperaba con angustia e inquietud el siguiente suceso.

Poco después del medio día, y mientras consumían sus alimentos, un nuevo remezón hizo que la balsa se inclinara al lado izquierdo perdiendo, casi todas, el equilibrio y cayendo algunas al piso.

Notaron que la balsa ahora no se movía.

Esperaron más de una hora sin tomar acción alguna.

Finalmente, la más fuerte y grande, apodada "la jactanciosa", aunque en realidad no lo era, pidió permiso a la reina para saltar al agua y observar, bien de cerca, qué había debajo de la balsa.

La reina agradeció este gesto y ordenó que mientras ella, su hermana, "la jactanciosa" y otra obrera bajaban al agua, el resto se quedara muy pendiente de la situación y avisaran de cualquier cambio.

Ya en el agua y conversando en voz baja, acordaron apartarse.

La reina iría a la proa.

"La jactanciosa" iría a la parte de atrás.

La hermana de la reina al lado derecho y la otra obrera al izquierdo.

Prudentemente se acercarían para observar por debajo de su balsa.

La que algo encontrára, de inmediato avisaría a la que estuviera más cerca y luego a las otras.

Las cuatro tomarían una acción conjunta.

Sin imprudencia, pero con valentía.

Largo tiempo estuvieron buscando y buscando; nada hallaron.

Regresaron entonces a la balsa.

Quien o qué hizo que la balsa marchara por tanto tiempo sin que ninguna de ellas interviniera?.

Qué circunstancia o fenómeno la impulsó o la halo?

Nunca lo supieron.

"Como si nada hubiera sucedido, pongamos en marcha nuestra balsa y continuemos nuestro viaje", instruyó la reina.

"Y si no anda?" repuso su hermana.

"Seguiremos a nado", comentó otra de las obreras más jocosamente que en serio.

"Hasta no intentarlo, no lo sabremos, majestad, partamos ya" dijo "la jactanciosa".

Y así lo hicieron.

Sin dificultad alguna, la balsa avanzaba al impulso de los remos.

De ese día en adelante, tres de ellas irían de espaldas a la proa.

Una no remaría.

Estaría dedicada, única y exclusivamente, a observar a lado y lado, para detectar cualquier detalle sospechoso.

Según lo acordado, por ratos no se remaba buscando que la balsa se detuviera. Minutos después, la marcha se reanudaba.

Qué perseguían con esta sencilla maniobra?

Hallar, si era ello posible, la razón por la cual su balsa fue detenida y luego llevada sin ningun movimiento o control de parte suya.

Casi cuatro horas navegaron y la margen opuesta no se divisaba.

"Pasaremos la noche a oscuras para no llamar la atención.

Tomen sus alimentos y traten de acomodarse a las no muy gratas circunstancias que tenemos.

Temprano, muy temprano, y con mayor coraje y fuerte voluntad, seguiremos nuestro viaje" comentó la reina.

"No cree, su majestad, necesario que sigamos un turno para vigilar durante toda la noche?" preguntó una de las obreras.

"Su idea es buena. La oscuridad que nos rodea, sin embargo, no permitirá ataque alguno.

Y creo no equivocarme, dada una pequeña experiencia vivida, en circunstancias similares, hace no mucho tiempo" repuso la reina.

En total tranquilidad pasaron la noche.

Todas durmieron y descansaron.

Doce dias de viaje se cumplieron en esta mañana llena de neblina y algo fría.

El grupo hizo algunos ejercicios y tomó el desayuno.

Empredió luego el que sería el ultimo tramo antes de estar en tierra nuevamente.

Poco antes del medio día divisaron la espesa vegetación del lugar deseado.

Una sorpresa, extremadamente desagradable, las esperaba.

Siete enormes cocodrilos se hallaban, exactamente, frente al sitio indicado para desembarcar.

Presas todas de inquietud intensa, mas no de miedo, se reunieron como "enconsejo de guerra".

Cada una expuso su idea para superar lo que parecía un "insalvable obstáculo" y poder llegar a salvo.

La reina escuchaba con la mayor atención.

Analizaba, con cabeza fría, cada posibilidad.

"Veamos, majestad y compañeras, por la hora –cerca de la dos de la tarde-, la alta temperatura y la total quietud de esos grandes animales, es fácil suponer que están durmiendo y así estarán por un largo, muy largo tiempo", dijo la más callada del grupo ("la opacada"), según la llamaban, aunque no abiertamente.

"Eso es correcto" le contestó la reina.

"Cual sería entonces el siguiente paso?"

"Por lo que veo, majestad, los cocodrilos están bastante cerca a la orilla. Una a una, dejaremos la balsa y, con sumo cuidado, treparemos el cuerpo del cocodrilo que está al extremo derecho.

Caminaremos sobre él hasta un punto en el que podamos saltar al agua y nadar"

"Y si el reptil sale de su letargo?" preguntó "la jactanciosa".

"Se me ocurre que podemos engañarle" afirmó "la opacada".

"Estos pedazos de carne, uno a uno, serán lanzados para que caigan delante del cocodrilo.

Al éste verlos, se esforzará por atraparlos moviéndose hacia la orilla. Entre más pedazos lancemos, más cerca de la orilla estaremos.

Los dos últimos pedazos serán lanzados, con toda fuerza, hacia la derecha.

El cocodrilo, necesariamente, tendrá que girar en esa dirección para atraparlos.

Aprovecharemos nosotras ese momento para saltar al agua y, si se require, nadaremos un pequeño trecho"

El largo silencio que siguió a lo expuesto por "la opacada" fue interrumpido cuando "la jactanciosa" pregunto: "y su decision cual es majestad?"

La reina, que aún seguía analizando posibles situaciones, favorable unas, desfavorables otras, respondió así:

"En verdad, el plan que con sabiduría y entusiamo, dignos de todo elogio, nos ha descrito nuestra hermana, parece una simple quimera.

Teniendo en mente, sin embargo, que no podremos utilizar la balsa para llegar a nuestro destino sin exponernos a ser un pequeño bocado de esos animales, y considerando nuestra agilidad, como también nuestra astucia, bien vale la pena ponerlo en práctica".

Con alegría sin par y llena de sano orgullo, "la opacada", dirigiendo su mirada hacia la reina, dijo:""Agradezco su confianza, majestad".

"Bravo, bravo" le gritaban las compañeras.

Cada una tomó sus pertenencias.

Cada una tomó un pedazo de carne.

Se ubicaron en fila india encabezada por la hermana de la reina, a quien seguía "la jactanciosa".

Iban después "la opacada", las otras cuatro obreras y, cerrando fila, la reina.

Con el nerviosismo natural, pero también con la intrepidez de cualquier macho, fueron descendiendo al agua.

Nadaron y se treparon al cuerpo del cocodrilo que se hallaba en el extremo derecho, ya que sí era el más cercano a la orilla.

Era, por coincidencia, el más alto y voluminoso.

Tal como "la jactanciosa" lo había insinuado, el cocodrilo despertó cuando ellas estaban casi en su cabeza.

El primer pedazo de carne fue lanzado con toda fuerza y, efectivamente, el inmenso reptil avanzó para atraparlo.

Lanzaron el segundo pedazo y el animal avanzó de nuevo.

El engaño trabajaba y, así, el cocodrilo llegó a tierra.

Al ver en el aire los últimos pedazos de carne, lanzados con extraordinaria fuerza por la reina, el cocodrilo viró bruscamente para atraparlos y el momento fue aprovechado para escapar e internarse rápidamente en la maleza.

LOS NUEVOS CAMINOS

Prudentemente, y en completo silencio, esperaron un largo rato.

Querían tener la certeza de que ninguno de los reptiles estuviera esperando para hacerlas su presa cuando salieran.

Aprovecharon esos eternos minutos para agradecer a su ser supremo.

Encabezadas por la reina y por "la jactanciosa", fueron saliendo.

Cerraba la fila la hermana de la reina.

Sin sorpresa, pero con cierta curiosidad, se detuvieron para observar cómo los hambrientos reptiles destruían la balsa en busca de comida.

Ya sin zozobra, recorrieron un pequeño trecho y hallaron abundante agua.

A pocos metros encontraron también exquisitos alimentos.

"Hagamos un alto y descansemos, os parece?" dijo a la reina su hermana.

"Fantástico", fue la respuesta.

La oscuridad de la noche llegó.

Se refugiaron en una cueva muy confortable.

Por alguna parte penetraba la luz de la luna, lo que les proporcionaba, cierta seguridad y mayor confianza.

Durmieron con una paz desconocida hasta ahora y nada desagradable se presentó.

Llegó el día trece. Un sol tibio y ausencia de nubes, pronosticaban que sería hermoso.

En efecto, ocurrio así.

A la sombra de un frondoso olmo, se reunieron. Era notorio el sosiego que cada una transmitía.

Empezando por la reina y terminando con "la calladita", obrera de poco hablar pero cuyo trabajo sin descanso y ánimo eran dignos de imitar, fueron contando sus pensamientos; sus ideas; sus temores y sus deseos.

Se supo entonces que venían, cada una, de diferente región.

Unas habían sido desterradas de su grupo o colonia, debido a razones que, a pesar de la insistencia de otras, prefirieron no revelar.

Dos, por voluntad propia, se alejaron en busca de una mejor vida, como la que empezaban a saborear.

No faltó, por supuesto, la que con cierta zalamería, comentara:

"No estaba del todo mal, pero cuando vi a nuestra reina, me dije:

Es ella la que, con seguridad, reconocerá mis aptitudes y obtendré el puesto que merezco"

Un baño en las cristalinas y tibias aguas que descendían de una pequeña colina, formando un lago no muy extenso, marcó el comienzo de las actividades físicas.

Vino luego un simulacro de lucha cuerpo a cuerpo y, en tercer lugar, carrera con algunos obstáculos. Todo esto, como preparación para un eventual combate.

Caida la tarde, abundante comida, cantos y baile.

Era esto lo que habían buscado y logrado después de tantas luchas; después de tantas escaramuzas; después de tantos y tantos sacrificios.

Todo este día estuvo pleno de buenas emociones, de gran compañerismo, de felicidad.

Al fin y al cabo, en el grupo no cabía ninguna interpretación superticiosa acerca del número trece.

Al siguiente día, escalaron la colina.

Se maravillaron al hallar arándanos y otros hermosos árboles frutales.

Tenían estos una peculiaridad: su altura máxima era un metro.

FIESTAS Y MAS FIESTAS

Se reunieron a la sombra; tomaron el almuerzo y un descanso, se convirtió en una larga siesta.

Al despertar, descendieron de la colina por otro camino.

Alcanzaron a ver una pareja de amigables zorros que comían frutas y se entretenían con ellas moviéndolas de un sitio a otro.

Avanzaron más y más. Hasta la superficie parecía de suavidad extrema ya que, a pesar del largo tiempo caminando, no experimentaban cansancio alguno.

El sol se ocultaba. Era necesario un lugar dónde pasar la noche.

Se dividieron en dos grupos para buscar un sitio que no ofreciera peligro.

El grupo que lo encontrara, enviaría, sin demora alguna, las señas confidenciales al otro, para reunirse de nuevo.

En menos de cuarenta y cinco minutos, estaban descansando en una pequeña y placentera hondonada, resguardada por grandes piedras de las que salía un resplandor fluorescente nunca visto por ellas.

"Hoy marcharemos a paso regular, hasta encontrar el otro lago que, según se me dijo, está fuera de esta tierra pues se supone que nos encontramos en una isla no muy grande.

O, tal vez, ésta no es la isla indicada.

En ese caso, creo yo, nos convendría estar acá por un buen tiempo y, luego, con mucha calma y sabiduría, planearíamos la búsqueda de la otra.

"Llevemos suficientes provisiones, especialmente agua, jugos y frutas para todo el día en caso de que nada hallemos.

Si algún percance se presenta, todas nos detendremos para resolverlo", les dijo la reina con una voz que denotaba más incertidumbre que certeza; más nostalgia que alegría; más debilidad que autoridad.

"No es la misma, no es la misma!

Parece otra. Nuestra reina no es así. Qué le ha sucedido?.

Por qué ese cambio brusco y repentino?" se dijeron todas al escucharla.

Su hermana, desde luego, fue la más sorprendida e intentó hablarle. Prefirió, sin embargo, dejar pasar un rato.

Sabía que en circunstancias como ésta, la reina se dedicaba a meditar y meditar hasta encontrar la solución a lo que la afligía.

Cuatro horas, con algunos pequeños descansos, duró la primera jornada.

Tomaron el almuerzo bajo un sol con intervalos nubosos.

Descansaron otros treinta minutos y siguieron.

Hora y media después, la reina ordenó detenerse y solicitó a cada una su opinion.

Su hermana tomó la palabra.

"Mi intuición me dice, majestad, que no sigamos por este sendero".

Señalando, añadió: "tomemos este otro camino hacia la izquierda y en un tiempo, relativamente corto, lograremos el otro extremo de esta isla".

"Su opinion?" dijo la reina dirigiéndose al grupo.

"Como su hermana lo sugiere. Tomemos ese rumbo, majestad" dijo "la calladita".

"De acuerdo todas?" preguntó.

"De acuerdo" respondieron al unísono.

Reanimadas, con un positivismo sin par, continuaron la ya agotadora marcha.

Cantaba la una; cantaba la otra.

Cada una quería ser la primera en divisar la margen opuesta.

En sus mentes no tenía cabida la idea de que su reina estuviera equivocada.

El sólo pensar en otra balsa y en un nuevo encuentro con los mismos u otros cocodrilos, les causaba terror.

Una hora y algunos minutos necesitaron para divisar el otro lago.

Se veía muchísimo más grande.

O sería el mismo que atravesaron?

Llenas de regocijo, pero con sumo cuidado, se acercaron a la orilla.

Querían cerciorarse de que no había cocodrilo alguno por ahí.

Fascinadas quedaron con la belleza de la vegetación.

A poca distancia corría un riachuelo formado por agua pura y algo fría que brotaba de unas majestuosas y enormes piedras.

Sin pensarlo dos veces y, sin tan siquiera consultar a su majestad, se metieron al riachuelo y tomaron un prolongado baño.

En el firmamento se veía un grupo de gaviotas.

Sus acrobacias indicaban que estaban aprendiendo o practicando nuevas técnicas para sus vuelos.

Contemplando este bellísimo espectáculo, lograron relajarse aún más.

Se llenaron de emoción y hasta enviaron sus apláusos a las "voladoras blancas", como la "la jactanciosa" las llamó.

Desplegaron sus toldos.

Comieron. Descansaron y luego se entregaron al canto y al baile.

Todo era un fiesta.

Cada una, en silencio, daba gracias por lo que tenían.

El cansancio hizo que se doblegaran ante un profundo sueño.

Tan profundo, que, en ningún momento de la noche, notaron que los dos juguetones zorros, vistos el día anterior, velaron por ellas hasta entrada la mañana.

"Dos guardianes!"

Exclamó la hermana de la reina al verlos de nuevo.

El décimo sexto día les trajo una nueva sorpresa.

Otros dos zorros se hallaban a centímetros del grupo.

Parecian sonreir. Tenían las mismas características de los dos "guardianes".

"Qué hacemos con ellos, majestad?" inquirió "la calladita".

"Absolutamente nada" fue la seca respuesta.

"Se portan como juguetes inofensivos; no son esquivos y te sonrien a cada momento", comentó "la opacada".

Por su parte, la hermana de su majestad adviritio a todas: "No cometan el error de molestarlos o amenazarlos. Son muy sensibles.

De algo nos podrán servir más adelante".

"De alimento?" preguntó "la jactanciosa" con cierto sarcasmo y tono burlón.

"No necesariamente", afirmó la reina con mucha seriedad y un poco disgustada por ese comentario.

Los cuatro zorros, al fin astutos y sagaces, las miraban fíjamente como diciendoles: "sabemos, sin equivocarnos, que hablan de nosotros. No teman. Solo amistad y compañia recibirán de nosotros. No nos rechacen. Permítannos seguir con ustedes".

Tres de las "voladoras blancas" se encontraban ahí también.

Caminaban de un lado a otro.

Levantaban la cabeza y miraban al grupo por momentos.

Se pensaría que estaban dando la bienvenida a las nuevas residentes.

"Éstas sí que son hermosas y llenas de paz" comentó una de las obreras que, aunque sin apodo alguno, siempre estaba atenta a los aconteceres y se entregaba totalmente a los deberes asignados.

Levantaron vuelo las tres gaviotas y jugaron por unos minutos en los aires. Regresaron luego junto a ellas.

No era raro encontrar "voladoras blancas" en este sitio.

Pero las tres que permanecían con el grupo, tenían algo especial que solo "la opacada" veía y con señas, más que con palabras, lo explicaba.

"Una de ellas tiene la mitad de la cabeza de color negro.

Las cejas de la segunda son blancas y la tercera es algo más pequeñita y su pico es negro.

La veo más dinámica, más brillante, más atrevida y con mayor destreza cuando vuela".

"Estás segura, hermana?" le preguntó "la calladita".

"Absolutamente, hermana".

"Yo quisiera acercarme más, abrazar y besar a la pequeñita, pero no quiero atemorizarlas y que luego se alejen de nosotras"

Oh!, ahora recuerdo, volvió "la calladita", la pequeñita debe ser de las llamadas "gaviotines", esas que aunque no tan grandes, maniobran con superior destreza".

"Efectivamente. Lo que has dicho, es cierto" expresó la hermana de su majestad que, sin ánimo de molestar, seguía el diálogo de las dos obreras.

"Y claro, estoy de acuerdo en evitar que se alejen. Son excelente compañía".

Construyeron su nueva vivienda. Bastante grande para sus necesidades.

Presentía, entonces, la reina o alguna de ellas que otros miembros de su raza llegarían a vivir con ellas más adelante?.

Buenos ventanales y hasta unos pocos orificios en el techo de los dormitorios, a fin de recibir la luz de la luna, lucían como llamativos adornos.

"La jactanciosa" se atrevió a preguntar: "No cree su majestad que esto es mucho, mucho más grande de lo que necesitamos, al menos por ahora?

Muy triste sería que llamásemos la atencion de otros y se convirtiera nuestra vivienda en un lamentable escenario.

Me atrevo a pensar que, al igual que lo hemos hecho nosotras, habrá, de pronto, algunos que estén buscando ésta u otra isla y, en caso de encontrarnos, nos expondríamos a una ineluctable usurpación.

Discúlpeme, su majestad, por emitir estas ideas sin haber sido preguntada.

Gracias por su benevolencia al escucharme".

Todas quedaron perplejas tras esos comentarios.

Cada una, no la reina, se decía: "tal vez yo no hubiera hablado así. Le faltó un poco de prudencia.

La reina y su hermana se van a enojar".

"No tiene usted por qué disculparse, hermana "jactanciosa" y, créame, la claridad y sinceridad que ha dado a sus comentarios, son altamente benéficas para todas nosotras.

Ahora, no crean, hermanas todas, que nuestra vivienda ha sido levantada sin un análisis.

Hoy somos escasamente ocho.

Pero, acaso, piensan ustedes permanecer "solas" por el resto de sus vidas?

No sería más deseable encontrar, cada una, nuestra pareja?

Por parte mía, así lo deseo y espero que sea no muy tarde".

Apláusos, apláusos y vítores, por largos minutos, brindó el grupo a su reina.

Terminada la construcción, vino la primera gran fiesta.

Comieron y bebieron abundantemente.

Cantaron, bailaron, se divirtieron hasta quedar agotadas.

Muy bien durmieron en la vivienda soñada durante toda su vida.

Pasaron unos meses y, a pesar de diversas actividades, sus días eran casi rutinarios.

Su majestad pensaba en algo nuevo, en algo diferente, que proporcionara un cambio y una mayor felicidad a su grupo.

Consultaba a su hermana, pero ella tampoco aportaba ideas.

Hablando a nombre propio y a nombre de otras dos obreras,

"la opacada" dijo con parquedad:

"Se me ocurre, majestad, que para dar término a esta rutina en nuestras vidas, podríamos construir otra balsa. Tal vez más pequeña y, a la vez, más fuerte y más segura.

Pasearemos en ella por el lago, con sumo cuidado y sin alejarnos mucho.

La limpiaríamos continuamente y la tendríamos lista en caso de que, por razón alguna, nos tocara huir o, simplemente, abandonar este bello sitio".

"Fantástica idea.

Quién es la autora?" preguntó la reina.

"La verdad, las tres hemos venido conversando e intercambiando ideas para diferentes proyectos y, hace pocos minutos, nos decidimos por la nueva balsa, majestad", repuso una de las autoras.

"Pues comencemos ya. No perdamos ni un minuto.

Nuestra experiencia nos servirá muchísimo.

Será, como sugieren nuestras tres hermanas.

Más pequeña pero muy, muy fuerte. No habrá vendaval que la destruya" manifestó la reina.

"Ni cocodrilos tampoco", agregó su hermana sonriendo.

"Nunca pensé que esas tres "mosquitas muertas" fueran capaces de presentar esa brillante idea" se dijo "la jactanciosa" que, con gran trabajo, disimulaba su envidia.

"Ahora entiendo por qué la reina es tan magnánima con ellas", se repetía.

No se atrevió a comentar sus sentimientos con ninguna pues bien sabía que, de hacerlo, al instante sería desterrada.

En un lapso de cinco días la balsa quedó concluida.

Ningún parecido tenía con la primera.

Menos larga, pero un poco más ancha, la hacía ver fuerte y resistente.

Su majestad dió la autorización para el primer paseo.

Pidió que "opacada" y las otras dos co-autoras de la idea, fueran las primeras en subir a la balsa.

Era un homenaje y un agradecimiento por su proyecto, ahora realidad.

Gran fiesta, incluyendo comida, bebidas, cantos, bailes y obsequios a las tres homenajeadas, cerraron las actividades del día. Sólo hasta muy avanzada la noche se retiraron a sus dormitorios.

Una tibia tarde, al concluir su paseo por el lago, con sorpresa pero también con indescriptible alegría, divisaron a la distancia una embarcación, tal vez del mismo tamaño de su balsa.

Ante esta circunstancia, su majestad las arengó con estas palabras:

"Detengámonos. Esperemos y enfrentémos esta situación.

Puede ser agradable o no.

Puede envolver peligro o no.

Estemos listas para, si es menester, combatir por lo nuestro y, tal vez, por nosotras mismas.

Recuerden todas las aptitudes que hemos desarrollado, día por día, para nuestra defensa.

Y, si lo necesitáremos, acudiremos, sin pensarlo, a nuestros compañeros y amigos los zorros y las gaviotas.

Tanto ellos como ellas, recordad, se defienden y defienden a los suyos con una astucia y velocidad que ninguna de nosotras tenemos y creo que tampoco los de ese grupillo".

No tuvieron que esperar mucho tiempo.

Algunos machos de la misma raza desembarcaron.

Venían hambrientos, sedientos, agotados.

Más que miedo o prevención, inspiraban lástima.

Uno a uno, se fueron acercando.

El jefe, con una venia, saludó a la reina. Luego presentó a los demás. Eran ocho en total.

"Parecéis náufragos. Qué os ha acontencido"? fue el saludo corto y nada cordial dado por ella.

"Somos, majestad, sobrevientes de un grupo de cuarenta y dos.

Camino al otro extremo de esta isla, fuimos atacados por siete enormes cocodrilos.

Nuestras esposas, hijos y familiares, así como algunos amigos, han sido destrozados por esos animales salvajes.

Creo que todavía se pueden encontrar pedazos de sus cuerpos alrededor del siniestro sitio".

"Recibiréis toda nuestra ayuda.

Os podéis hospedar en nuestra vivienda hasta que, en buenas condiciones físicas, podáis reaunudar vuestro itinerario".

"Vuestra majestad y todas las hermanas que veo, recibirán nuestro agradecimento, nuestra recompensa, en alguna forma pero, por encima de todo, nuestro respeto", repuso "el marqués" como lo llamaban los recien llegados.

Habiendo ya descansado, "el marqués" y el resto de su grupo, fueron llamados para tomar la cena.

En su honor, hubo tambien algunos cantos.

"No bailaremos esta noche, su majestad?" preguntó "la jactanciosa" que ya miraba con cierta coquetería a uno de los "náufragos", como los llamarían desde ese día.

"Nuestros amigos, por ahora, sólo quieren descansar. No es así, "marqués?" fue la respuesta dada por la reina.

"El cansancio, es ciertamente grande.

Sin embargo, siguiendo la costubre, una dama no debe ser rechazada.

Por tanto, os pido tener el honor de abrir el baile con su majestad", dijo "el marqués" con una grandilocuencia que impactó a la reina y todas las demás.

Bailaron. Cada una cantó algo. Unos de "los náufragos" también lo hicieron.

Bebieron y bebieron y bailaron hasta pasada la media noche cuando, totalmente agotados, hembras y machos se retiraron a las habitaciones donde durmieron hasta la madrugada cuando la voz de "la calladita" los despertó al cantar una triste melodía.

Con ánimo nunca visto en ella, la reina se levantó y dijo en voz bien alta: "Aprovechemos el momento. No dejemos sola a "calladita. Vamos a cantar y, si quieren, a bailar también. Se anima usted señor "marqués"?"

En breves segundos todos y todas cantaban, bebían, danzaban, disfrutaban.

Su vida, desde la llegada de los "náufragos" se resumía en trabajo, union, respeto, canto y baile.

Qué cantaban?, baladas, rancheras, vallenatos.

Que bailaban?, polkas y pasodobles; cumbias y joropos.

Siguieron "el marqués" y los suyos con la reina y su grupo?

Cómo y quienes eran estos felices personajes?

A usted, amable lector, le dejo la tarea de averiguarlo.